KB062123

나의 동굴에 반가사유상 하나 놓고 싶다

시작시인선 0477 나의 동굴에 반가사유상 하나 놓고 싶다

1판 1쇄 펴낸날 2023년 6월 30일
지은이 이명혜
펴낸이 이재무
기획위원 김춘식, 유성호, 이형권, 임지연, 홍용희
책임편집 박예솔
편집디자인 민성돈, 김지웅, 정영아
펴낸곳 (주)천년의시작
등록번호 제301-2012-033호
등록일자 2006년 1월 10일
주소 (03132) 서울시 종로구 삼일대로32길 36 운현신화타워 502호
전화 02-723-8668
팩스 02-723-8630
블로그 blog.naver.com/poemsijak
이메일 poemsijak@hanmail.net

ⓒ이명혜, 2023, printed in Seoul, Korea

ISBN 978-89-6021-721-8 04810
      978-89-6021-069-1 04810(세트)

값 11,000원

*이 책은 제주특별자치도와 제주문화예술재단의 2023년도 제주문화예술지원사업 후원을 받아 발간되었습니다.

나의 동굴에 반가사유상 하나 놓고 싶다

이명혜

천년의 시작

시인의 말

방법을 찾다

어둠 속에 있으면
어둠과 하나가 되어 두려움에서 벗어날 수 있었다

외로움 속에 있으면
외로움과 하나가 되어 외롭다고 울지 않게 되었다

장맛비 속에 있으면
장맛비와 하나가 되어 장맛비에 뛰지 않아도 되었다

이제 시 속에 있으면
시와 하나가 되어 내 삶이 시처럼 되기를 기대해 본다

차 례

시인의 말

제2부 꽃 같은, 꽃이었음을

제3부 어느 봄날 되새김질

9

제1부 허공에 걸쳐진 인생

윤형방황

사막 한가운데 사생아로 태어난 바람
증류된 노스탤지어로
고주망태 되어 주저앉은 밤

호수로 내려앉은 사막의 하늘을 깔고
별들의 시절 인연 강물처럼 흐르는 곳
다시는 이런 사랑 하지 않으리
왔던 길 또다시 걷지 않으리
달로 뜬 불면 혼자 깃발처럼 나부끼는
방랑자 기억 속 지도 뒤척이며 돌아눕는다

햇귀 고슬고슬한 모래 이파리 윤슬 피어나는 아침
오늘은 기어이 이 바람에서 떠나리
내동댕이치며 도리질하며 일어서는데
옷자락에 새겨지던 어제 놀리듯 졸고 있다

사라진 자리 돋는 소름처럼 나앉은 하루
발바닥 감각 구석구석 어릴 때 뛰어놀던 골목길 찾아
바람, 기둥 되어 서있는 그 자리 여전히 맴도는
인생이라는 너
가슴에 별 하나 이름표로 달고

심폐 소생한 하루

'편의점을 끊기로 했어'

죽은 음식 전자레인지로 잠시 살려
구멍 난 양은 냄비 바닥 같은 하루 때운다
너무 얇아 실핏줄까지 다 보이는 일상
겨우겨우 아침과 저녁 이어 붙인다
하릴없이 가난한 날갯짓
이러다 새처럼 가벼운 사람들 하늘을 날고
지상엔 탐욕 묻은 깃털만 뒹굴고 있겠다

바람 안 불면 심심하고
파도 없으면 허전한 이곳
마트권 스벅권 다 포기하고
스스로 성큼성큼 유목민권 목에 걸고
바람에게서 심폐 소생하고
파도에게서 상처 치유받는단다

거무스름해진 얼굴
보드랍던 손바닥 도시의 타인처럼 무디어질 때쯤
두터운 삶 대지 속살에 거웃거웃 자라고 있다

눈부시게 하얀 이 드러내며
싱싱한 하루 웃고 있다

스치는 곳마다 목숨 피어난다
이 하루 살아 있다
계절 되고 다른 한 해가 된다

티눈, 박제된 절규

보랏빛 잔디 물을 머금고 있는 마당
컹컹 끊임없이 기침하는 늙은 개
마침내 우리가 이별할 때임을 알았지

얼마나 오래 버텨 온 걸까?
숨 쉴 때마다 경쟁하듯 벼리는 허물
가슴에 박힌 옹이
송곳 모양 박제된 절규

이제 더는 안 되겠다
저 홀로 궁글려 궁글려 숙성된 굳은 살
절창으로 도려낸
손바닥 위 돌돌 구르는 회환 덩어리

무너지려는 허공에 대고 써 가는 일기
아직도 사랑한다 내 살점 같은 당신
발바닥에 새겨진 우리들의 역마살
정수리 차크라 화인 피어나기까지

여생 부챗살처럼 펼치고 앉아

화농으로 달아오른 열기 후후 불면서
또 이렇게 살아가야겠지

어떤 연극

1막
바람은 정차된 기차의 목을 붙잡고 떠나갔다
머물렀던 자리엔 새벽 웅덩이 가득 고여 있다가
새가 되어 퍼덕일 때쯤
배웅하러 다가온 유리창에 비친 그림자들 표정을 잃고
어디론가 왔던 길로 되돌아간다
지난밤에 눈물 흘리던 소녀
기차가 가 닿은 곳 초라한 여인의 모습으로 마중할 테고
홀연히 아무 일도 없었던 것처럼 떠나 버린 그 사람
아직도 소녀인 그녀를 찾아 새로운 길 나서겠지
만나는 것이 최고의 행복이 아닌 것처럼
헤어짐 결코 끝이 아니라는 것도
그것이 축복이었다는 것도 모른 채 살아간다

2막
바람 날아가 집을 지은 곳
어느덧 붉은 석양 먼저 다가와 널브러진 채 울음 터트리고
조연이라 생각하며 무심하게 등장했던 기차
아무 말 없이 화려하기만 한 배경 속으로 이무기 되어 사
라지려 한다

황급히 달려온 말 하나 구름으로 된 덫에 걸려 히힝거리며
기차가 끌고 온 철길을 따라 돌아가려 애쓰는데
아직도 소녀인 초라한 여인 멍하니 넋을 잃고 바라보는
황량한 들판엔 나무 한 그루 되어 우두커니 서 있는 그 사람
이번엔 만나려나 기다리는 한 장면으로 남기고
아쉬운 이 연극 이제 막을 내리려 하니 조문객 여러분들은
그만 안녕히 돌아가시기 바랍니다.

동물성 애도

한 모금의 입김 뿌리 내려 겨울을 낳은 그곳
순록의 언어 소금 바람으로 휘날리고 있다 퍼덕퍼덕
야생의 삶 소금이 필요할 때만 사람의 천막을 찾는 메마른
발자국 하나 새겨지다

바람 되어 날아가려는 아이들과 노약자들을 위한 성찬에
꼭 필요한
생명 유지 소금을 찾아 다가온 순록 죽이기로 했단다
흔들리는 너의 영혼 보여 주지 않으려고 순록의 눈을 가린다
하지만 아주 비겁한 변명은
투명하게 가려진 순록의 눈빛 볼 수밖에 없었다
빛나는, 칼 들어 올리는 순간 순록의 긴 울음 냉동 건조 되
었다

포만 속속들이 찾아와 숨어 있던 공간들 흡족한 듯 모두 웃
음 펼친다
시베리아 에벤키족은 그렇게 또 한 계절 그곳에 심었고
다시 다가올 계절을 위해 미리 소금 광산으로 들어갔다는
소문 바람결에 뒹굴고 있다
순록의 염원 이루어지지 못한 채 그곳에 나무가 되어 자라

고 있을 것이다

　훗날 그 나무 소금기 가득한 열매 맺었고, 눈빛 또한 핑크
솔트로 피어나는 식탐 미리미리 염장되는 꿈 꾸겠다

　소금 이야기 떠올리느라 식어 버린 커피 위에서 사르르
데워지는 동안
　시베리아 순록의 울음 싸르르 해동되어 차오른다
　오늘도 나의 동물성은 죽지 못했구나 한탄하고 있다

순명이라는 바코드

어둠으로 휘두른 진통 들썩이며 세상 열리다

튕겨지듯 나온 탄생
아직 축축한 양수 모성애 흔적으로 빛나는 송아지 한 마리
지금 믿고 의지하는 건 비린내 나는 본능뿐
지켜보는 시선으로 부담스러운 충전 가득 채우고
지구를 들어 올리는 의지 비틀거리며 비틀거리며 일어선다
오직 가야 할 그곳
낯설은 후각 향으로 피워 올리며
아무도 가르쳐 주지 않는 이 길 혼자서 걸어가야 한다

나뭇잎 하나 움직임 없는 팽팽한 긴장
서로 익숙해지기 위한 예식 절차도 필요 없이
뿌리 흥건한 눈물로 고여 있는
연못 같은 어미젖 코를 묻고 질긴 운명 흡입하면
찌이잉~ 현기증으로 다가오는 슬픈 예감
핏내 나는 인연 질겅질겅 씹으며 올려다본 하늘가
태어나기 전부터 입력되어 있는 바코드 줄 꿈뻑꿈뻑 졸
고 있다

\>

어디로 가야 할까

아무리 애를 쓰며 걸어도 숙명으로 굴리는

예정된 미래 독일 병정처럼 한 줄로 서서 기다리고 있다

그저 길을 따라가기만 하면 된다 하는데도

뚱뚱한 종교철학처럼 뒤뚱대는 몸피

세상은 미식에 휘둘려 허둥지둥

에이플 투풀로 일생 재단한다

고분고분 돋아나는 순명 단단한 뿔에 갇혀 허우적대는

그저 누군가의 숙변으로 남을 한 순간의 성찬을 위해서

구원

희부연 하현달 꼬리 붙잡고 내려앉은 구름에게서
디오게네스의 편지를 받은 아침
좋지 않은 예감 꼭 들어맞는다며 동쪽 향해 세 번 머리 조
아린 어머니의 기도
빠알간 말뚝으로 박혔다

바람에게서 나를 구속
햇살에게서 나를 구속
그 정도쯤이야 내민 거만한 손목 철퍼덕 요란한 입장권
험악한 세상으로부터 구원받을 수 있다고
뒤따라 걸어 들어온 핸드백 하나만큼의 자유 소곤거린다

죄가 있다면 바람을 탐하고 햇살을 연모한 것
무엇을 원하건 다 가질 수 있다고 해도 모두 싫다고 한 것
솔직히는 욕심이 너무 많아 두 손으로는 모자라 차라리
눈을 가린 것

동녘 창가 초연히 일어선 겨울 햇살
'그저 햇빛이나 가리지 말고, 옆으로 조금만 비켜서 주
면 좋겠소'

바람 소리에 걸린 포효 철창에 걸터앉아 비웃고 있을 때서야
그토록 간절한 어머니의 기도 이루어진 것을 알았다

세월 가면 세월이 가면
알렉산더나 디오게네스, 그리고 그리고
한 줌 재는 니르바나에 이를까
오늘도 철창 반짝이며 기웃거리는 기도
무소유한 자유

파도를 타고 낙타가 돌아올 때 사막은 섬이 되었다

사막을 모른다
태어나 한 번도 섬을 떠나 보지 못한 낙타
한여름 바다 즐거운 비명 폭죽처럼 터지고
파도를 타고 싶은 철부지 날개 꾹꾹 눌러 담고
오늘도 터벅터벅 해안 도로 걷고 있다

사막을 걸을 땐
신 앞에 다가가는 마음이어야 한다고
사막 한 귀퉁이 잘라 편지로 날아온 낙타 상인의 목소리
사막이 아닌 길을 걸을 때는 바라볼 곳이 없다
가는 곳마다 오아시스 같은 탐욕
날개가 되지 못한 쌍봉 능선에 널어 말린다

사막 아니어도 사막 피부병 동자 귀신처럼 떠돌아
시들어 가던 본성 모래언덕처럼 부풀고
한 꺼풀 벗겨 낸 그 자리엔
천형의 노스탤지어 누런 고름 웅덩이 고여 있다
이젠 떠날 때가 되었다는 신호다
쌍봉에서 드디어 날개가 돋아났다

>

한 번도 섬이 되어 본 적 없는 사막

파도를 타고 낙타가 돌아올 때 그 자리에 섬 되어 앉는다

설레는 심장

일생에 한 번 피우는 꽃 되어

돌아온 낙타와 나눠 갖는다는 전설만

낙타가 사라진 바닷가에 출렁이고 있다

나의 동굴에 반가사유상 하나 놓고 싶다

해넘이 발작
번뇌업 마그마 토악질해 대는

어딘가에 들어앉은 진앙지 찾아
내장 깊숙한 곳 내시경 들이밀면
꽃 한 송이 울음 머금은 채
서 있을 거다

흔들리는 세상
중심 잡기 위한 몸부림 석양 울음으로 피어나라
마흔 셋 어머니 목숨 걸고 낳은 아이
무병장수 기원하신 흔적
아픈 꽃자리 새겨져 있을

내 삶의 중심추 반가사유상 돋아날 즈음
읽을 줄도 쓸 줄도 모르던 어머니
섬섬이 수놓은 기도
유리처럼 반짝이는 동굴 벽 암각 또렷이
읽어 낼 수 있어

\>

반 가 사 유

나직한 울림

화장세계 미소 가만히

머금고 싶다

시절 인연

가을바람 부는 날 나무는 하늘을 저어 내게로 온다

첨벙첨벙 발자국 소리 심장 벌컥거린다

나무뿌리 정원이라 썼다 지우고 텃밭이라고 썼다 지운 자리 참깨꽃 또 피었다

철모르고 피어난 꽃, 늦가을 부옇게 웃고 있다

아무도 책임지지 않는 결말 미리 걱정하지 말자고 다짐한다

어찌어찌 위기를 넘기고 절정 다다른 꽃에게 씨알은 없을 거라 안내할 친절 지나치다

나무를 영접하느라 나무 아래 그늘로 만들어진 벤치 위에 누웠다

그 자리 얼마나 달콤하던지 그만 잠이 들었고 깨어 보니 벤치는 사라지고 나무는 코를 곤다

옷자락처럼 풀어헤친 욕정 사이사이 달빛 비집고 들어앉았다

문득 오래전 여름 달빛만 무성했던 여인숙 작은 창 떠오른다

여인숙 신음 소리처럼 솔직한 게 또 있을까

가슴에 닿자 데인 듯 날아간 뜨겁고 짧은 여름밤이었다

휘영청 달빛에게서 만다라 향 쏟아진다 뜻밖의 황홀함

나이 들면 머리카락 순해진다더니 이 밤도 나이 들어 가

늘고 길어졌다

나무가 잠에서 깨어 다시 그늘 만들기 전 오두막 하나 마
련해야겠다

늦가을,

겨울 다가오기 전 무르익은

잎이 지면 보이는 것들

물오른 나뭇가지마다
새들 노랫소리 피어나더니
생생한 음표 나뭇잎으로 돋아났다

오래도록 함께하고픈 염원 담고
매달아 놓은 초록의 작은 나무집
높은 하늘만 동경하며 거들떠보지도 않는 새

계절이 지났다 앙상한 가지
새집 두 채 심장처럼 우두커니 그의 가슴에
딱딱한 침묵으로 앉아 있었다

초겨울 아침
다시 사다리 놓고 새집 옮기고 있다
너무 낮아 새가 깃들지 않았을 거라는 안개 같은 조언
조금 더 높은
벌써 겨울 둥지 만들어 놓은 옆 다소곳한 기웃거림
기다리지 않는 척 기다리던 그의 무심 닮았다
아침 먹고 난 뒤 바라보더니 소리 없는 박수
새 관심 있는지 그 집 들여다보고 있다

>
젊은 시절, 자기만의 방식으로 색칠했던 우리라는 집
같이 한 기억마다 서로 다른 색들 출렁였다
눈에 띄지 않는 아늑하고 낮은 곳 둥지 틀고 싶다는데
전망 좋은, 햇살 가득 차지할 높은 곳 소망하느라
꽃 피고 잎 지고 그 많은 바람과 햇살 맞이하는 나날 동안
말줄임표 괄호 같은 입체의 시간들 지나간다

사다리 놓아 가며 조금 더 높은 곳 옮겨 주는
한평생 양보하느라 자기 자리 하나 못 박지 못한
허공에 걸쳐진 인생
비틀거리는 우리들의 허수~아비
이제야 바라볼 수 있는 이 아침이다

몽환, 랩소디

차를 세운 곳
월계수 나무 한 그루 다가와 문 열어 주고
구름 쏟아지는 꽃잎 다발로 환영하는
몽환의 마을 드디어 축제를 연다

태초에 수동태는 없었다
서 있는 곳마다 뿌리 돋아 마을이 되고
뒹굴던 시간 모여 계절 되었다
나뭇가지에 걸터앉아 사랑을 노래할 때마다
여기저기 화초 자라고 꽃 피었다
새로운 세상 늘 이렇게 시작되었다

새들이 노래할 땐 음악 필요 없었다
어느 날, 노래가 끊긴 것을 알고 서둘러 노래 만들어 내고
처음엔 일부러 춤출 필요도 없었다
더 이상 우리 몸이 춤추지 않는다는 것을 알고
특별한 무용수 불러들여야 했다
이 마을엔 이제
저절로 만들어지던 일들은 뜻을 잃어만 갔다

\>

\- 억지로 불러 세워 의미 만드는 게 사랑이라지
그건 사랑이 아니고 너의 사랑을 사랑하는 것

사랑을 창조한다는 건
어디선가 휘파람 소리 날아와 휘몰이 되어
어화둥둥 떠오른 보름달 아래 달집을 짓는 일
비로소 시간을, 계절을 잊을 일이다
무너져야 살아남으리라는 예언 들어맞는 일이다

고양이를 위한 영가靈歌

한때는 킬리만자로의 표범처럼 눈 덮힌 산정을 향한
한 줄기 입김 뜨거운 행렬을 꿈꾸기도 했으리

들판의 겨울 황량했다는 말로는 모자라지

거친 밤 껴안은 흙덩이 살냄새만으로 휴식 정산하고
계절 움직임 재빠르게 알아챈
꿈틀거리는 식성 후각에 기댄 어느 날
햇볕 좋은 들판 춤추는 듯 가볍게 날아오다

누구에게나 공평한 하늘
잠시 나른함에 젖은 오후 호흡도 누렇게 헤프다
삶은 다 그런 것,
조상 대대로 각인된 유전자 속 박힌 먹이사슬 생과 사
어느 순간 질주 본능 튀어 오른 섬광

피 묻은 신음 소리 사이 간간이 흘러나오는
꿈꾸는, 이루지 못한 구슬픈 노랫소리
지나치는 자동차들 사이 언뜻언뜻 보일 피사체로
한 생 마무리하지만,

한때는 표범이 되지 못한 뜨거운 분노였음을
나부끼는 바람으로 통곡하고 있다.

해제解除

방향 정할 수 없는 바람이 불고 있었다

바다는 갈피를 잃고 헤매다 나를 보자 창백한 울음 터트린다

딱딱하게 굳은 핏줄을 가진 내가 급한 수혈을 해 주고 나 또한 울음을 터트렸다

슬퍼서 우는 게 아니야 그냥 우는 거야 궁금해하지도 않는 바다에게 말을 걸고

그렇게 혼자 대답을 한다

바다 제 슬픔에 겨워 잠수를 했다

반짝이는 햇빛 윤슬 만들어 내는 동안 눈물도 마르며 빛으로 환생했다

방생하러 왔다는 걸 뒤늦게 깨달은 나는 서둘러 마음을 꺼냈다

너를 담고 있는 마음 너무 커서 나에게는 간직해 둘 공간이 없어

그래서 놓아 보내기로 했다

마음을 꺼내다 흠칫 그동안 딱딱했던 내 핏줄들 말랑거리고 있음을 알았다

그러면 안 되는 거였다

딱딱해야 꺼낼 수 있는데 바람과 울음 때문에 녹아 버렸나

보다 수혈 때문인지도 모른다

　이번엔 내가 바람이 되었다

　깃발처럼 나부끼고 있는 동안 잠수했던 바다 그것을 건
져 올렸다

　햇살에 반짝이는 그 언어,

　'규제나 금지 따위를 풀어서 자유롭게 함'

　마음을 놓다, 놓아 버리다, 나를 자유롭게하다

저승꽃

싸락눈 소낙눈 살폿 쌓인 아침
손등에 핀 저승꽃
살각살각 긁고 있다
왼쪽 손등에도 오른쪽 손등에도 하나둘씩
싸락눈 내 몸에 녹아드는 자국

날마다 죽어 가고 있음을 알려 주는 꽃

열 살 무렵
저승꽃이 피면 죽을 때가 된 거란다
손목 여기저기 피어 있는 꽃
참 편안하게도 바라보셨던 아버지

손목 발목에서 차츰차츰 가슴으로 다가갔을
떠나는 자 남는 자 서투른 부재 예고
아랫목 뒹굴던 어린 시절
이제서야 헛헛함 제대로 읽고 있어 왈칵
사그라진 줄 알았던 그리운 흔적 꽃으로 피어나
색즉시공 공즉시색

>
아직은 하나둘인 손등의 꽃
싸락눈 녹은 자리,
하늘 오르는 나비 별자리로 피어나는 날
가벼운 이별 둥둥 떠오를 수 있게
아버지 웃으며 하던 혼잣말
여기 이 자리 따뜻한 허무로 남길

　손등에 핀 저승꽃 긁으며 예순 살 아버지 가려운 등 긁
고 있다
　날마다 아직은 살아 있음을 알려 주는 그 꽃

제2부 꽃 같은, 꽃이었음을

새벽

반라半裸의 우주
여여하게 뒹굴고

안개강 건너 꿈꾸던
무주 공간
새소리 흐르고
향기 머무르는

다시, 일상의 속살로
기다리는 여운

헤남석*

봄볕 펼치고 앉아 나비질하는
당신의 마당으로 걸어 들어갑니다

시집올 때 입었다던 치마폭 같은 여유
반들거리는 장독대 새싹처럼 돋는 뿌리
당신 발자국 따라 자라나는 아직 오지 않은 시간
줄 고운 잔디로 심어진 그 마당에
둥둥 떠다니는
비눗방울 같은 어린 시절

당신은 서두르지 않는 일상의 소리로 머리맡 맴돌고
햇살에 빠져 허우적대다
봄 강아지 편안한 콧소리 껴안고
마법 같은 낮잠에 빠져들던 아홉 살
출산 마취에서도 날개 달린 편린으로 날아와 깨우던
뉴런, 신경세포 깊숙이 날것의 유산으로 남았습니다

회전목마를 탄 시간 가량없이 흘러
부재증명 소인 흔들리던 계절
당신이 없는 마당 이제 사양하렵니다

>
뻐꾸기 소리 반 박자 앞서 날아올 때쯤
펄럭이는 유년의 기억 팔베개하고
봄 햇살 좋은 날
봄볕 따사로운 날
슬픔이 기쁨 되어 돌아온 날
나는 다시 당신의 마당에서 잠드는 꿈을 꿉니다

* 헤남석: '양지 바른 곳'의 제주어.

바람 부는 날 들판에서

길은 살아 있더라
한 시도 가만 있지 못하고 너훌나훌
양 날개 펼치며 어딘가로 날아가더라

헤진 영혼 자진모리로 꿈틀대다
점점 휘몰아치는 눈먼 질주
바람 부는 대로 휩쓸리는
길 위에서
산도 흔들리고 하늘도 가끔은 주저앉는다

한 입 베어 문 쌉쌀한 대지 사이로
어기적대며 달아나는 나무들 지나온 길
꽃으로 피었던 정념
눈물 흘리며 따라오고 있다

다가가면 화들짝 반길 칡넝쿨 같은 유혹
분분한 소요 속 어깨동무하고
나도 길이 되어 날아가고 싶다

고운 이름 하나

존재와 부재의 비동시성
회전초로 떠 있는 그곳
얼크렁덜크렁 어울러 집을 지은

돌담 울타리의 노래

비바람에 쓰러지랴 손에 손 잡고
강강수월래
흩어지는 구름 한 조각에 상처받아도
강강술래야
노래하고 춤추어도 술래로만 남아
가앙강, 강강 소리쳐 불러도
가웃가웃 메마른 가슴 강강수월래로 맴돌다

– 어중간한 여백
천 년의 사랑 간직할 수 있다 –
심장 도려내야 영원을 산다는 천형

겉돌기만 하던 내 사랑
구멍 숭숭 헤집은 바람길 빚은 꽃돌
보름달 되어 내려앉은 당신 품에 심어
나무 한 그루로 자라면 좋으리
강강수월래 선창과 후렴처럼 손에 손 얽어 쥐고
오래오래 함께일 수 있다면

그곳에서 새로운 세상을 낳고

알콩달콩 신혼집 꾸미리

어느 날은 줄기 식물로 어느 날은 해사한 낮달로

그렇게 주저 없이 다그치는 일상 속 웃음

따닥따닥 피어오르는 모닥불로 살으리

멈추지 않는 노래

강강수월래 흔적 오래오래, 영원 꿈꾸리

찔레꽃 향기는 슬프다고 했다

끊어질 듯 끊어질 듯 아직도 질긴 숨
사라질 듯 사라질 듯 여운으로 남은 희부연 낮달
흩날리는 찔레꽃 여린 잎 하나만큼
구름 한 점 없는 하늘 한가운데 그 흔적
당신 눈동자 속으로 사그라지더이다

음력 열아흐레 아침
말 몇 마디 못 하고 가신 어머니 유언 흩날리는 하늘가
어느 순간 가뭇없이 사라져도 낮달 실존으로 증명된다지만
눈 감은 그 순간부터 슬픔 중심을 잃고
눈물도 잊어 넋 놓고 퍼질러 앉아 있는 자리엔
별자리처럼 수놓아진 찔레꽃 하얗게 대신 울어 주더이다

'찔레꽃 향기는 너무 슬퍼요'
구슬픈 가락 끊이지 않고 들리던 날
'그래서 울었지 밤새워 울었지'
그래도 슬픔 가시지 않아

'목 놓아 울었지'*
그렇게 위로해 주는 노래 있어 나는 살았다

>
당신은 낮달처럼 사라졌지만
여전히 꽃잎의 흔적으로 함께 있습니다
메마른 열아흐레 서녘 하늘가
찔레, 망설이며 사라진 당신 눈빛
울다 잠든 아가 얼굴 되어 해맑은 전설 하나 피어 있더이다

* 장사익, 〈찔레꽃〉.

풍화

이제는 다 잊혀져 자유롭다고
그랬다고 여겼던 소소한 일상
기억 핑계로 끌어올려 덕지덕지
버짐으로 돋아 또아리 틀고 앉아있다

나이 든다는 건
주름 사이로 더 많은 이별 쌓여 가는 것
누군가의 희생으로 만족이었던
지난 삶들 이제서야 희부옇게 보이는 것

천 년 전쯤 흐르던 전생 발자국
코로나 바이러스처럼 뾰족거리던 서슬
세월 깎이고 다듬어진
사계 바닷가 모래 바위에
생각 잃은 피사체로 둥둥 떠오른
인다라망의 구슬

그 안에 내일의 내가 서 있다

엘리엇에 기대어
—봄날

〈알함브라 궁전의 추억〉 도도하게 흐르고
왕녀처럼 달콤한 휴식에 빠져 흐느적거리다 일어난
앙큼한 고양이 치켜세운 꼬리에 달라붙은 봄
통통 튀어 다니며 제자리 찾고 있다

겨울잠에서 깨어난 음흉한 허기
혓바닥 휘감기는 안개로 가득 배 불리고
천국의 오감 만세 동작으로 둥둥 떠오른 기지개
속삭이듯 숨 쉬며 이 봄 유혹하는

가만히 앉아 있어도 나락으로 떨어지는 오수
대사 없는 연극처럼 할 말 잃은 허무
아슬아슬 공존해야 하는 사월이 잔인한 이유였다
늦어서야 늦게나마 발견한 반짝이는 무의미 혼자 웃고 있다

우두커니 바라보는 들창엔
만취한 봄 때문에 나동그라진 문란한 붉은빛 석양
역주행을 꿈꾸며 헤픈 도화살로 일렁인다
보이지 않는 욕망으로 가득한 세상

지금쯤 알함브라 궁전에도 이 봄 도착했겠지

파랑주의보

사랑에는 이유 같은 건 필요 없어
삼 미터 높이 파도로 다가가
사랑하는 내 마음만 보여 주면

왜 바람 없는데 파도 높냐는 그 입술
바람과 파도의 관계 아무런 관심조차 없었어
굳이 필요한 대답
너의 입술을 내 입술로 포개며 안아 주는

태풍 지난 후에 알았어
바람 없는데 파도 생기는 건
어디선가 싹튼 생채기
그저 입술만 덮는다고 아무는 건 아님을

삼 미터 높이로 다가간 내 마음
육 미터 높이로 거절당할 때서야
파랑 어여쁘던 너의 속삭임 경고 묵시록이었음을

너를 사랑하기엔 너무 늦은
전의 상실한 패잔병, 지금에서야

저마다의 봄

철부지 같은 봄볕 나들이 나선 아침 10시
해장국집 창가 마주 앉은 그녀 눈빛 예사롭지 않다
기울이는 소주병에 투영된
찰랑대는 눈물 이 아침 재단하고 있다

길가 담팔수 나무 아무 말 없이
끔뻑끔뻑 지켜보고 있다
자동차들 관심 없는 듯 질주한다
연극 속 행인 1, 2처럼 지나는 사람들 소음 제거 상태다

누구에겐 이 빛 부신 축복
어느 누구에겐 그래서 더 힘든 봄 햇살일 테지
하지만 나는 안다, 다음 해 이맘때쯤
그녀도 활짝 웃으며 맞이하는 봄일 것을

햇살 아래 살아 있는 모든 풍경
울컥 치미는 원시 종족의 신앙으로
그렇게 길가마다 뿌려진 시
가득한 아침을 읽는다

꽃 같은, 꽃이었음을

얼마나 더 견디어야 할까

별 총총
바라만 봐도 다 아는 오래된 친구 눈동자 같은 여름밤
느닷없이 내뱉은 한숨
하늘로 떠오른다

어쩌다 보니 그렇게 되었어
……
구름에 누운 애련

끝마디 점점 내려앉으며 지친 밤 잠이 든다

고단함 쉬고 있는 사이
주춤거리던 우울 장대비로 쏟아진다
다 못 한
그녀의 일대기 와르르 고백하는 듯하다

평상 위 내려앉는 빗방울
꽃으로 피어나고 있다

>
이야기꽃 무더기로 피어나
잠에서 깨인 그 자리 꽃이기를 꿈꾼다
이제
꽃이었음을 아는 나이로 가고 있다

뻐꾸기 소리에 고요 달려든다

서툰 농부 분주한 농막 한 자락에
지나던 늦은 봄
잠시 넋 놓고 쉬는 중

봄맞이 끝낸 텃밭
그늘에서 꾸덕꾸덕 졸고
하루 소화시키는 발자국 소리 잦아들 즈음

수줍은 교성 꽁지깃에 묻혀
허공화로 열애 그리던
사랑에 빠진 새도 쉼표로 앉았다

봄이면 밭갈이
여름이면 푸성귀 가득
인생 이만하면 됐지 싶은 순간

저 멀리 어디선가 뻐~ 꾸욱
진공된 푸르른 하늘 가운데
다시 한번 동그라미로 뻐꾹

\>

이 세상 모든 고요

화들짝 깨어나 달려든다

이 여름도 그냥 지나고 있다

에디트 피아프의 〈장밋빛 인생〉 한 소절 같은
일렁이는 파도 타고 반짝이는 윈드서핑
너에게로 달려가는 지중해

슬픔이 아름답다
되뇌며 오전 내내 싸구려 술병 들고
병 가득 감미로운 권태 울컥울컥
뱉어 내듯 호~ 흡~ 하는 남자

공짜 입장권으로 영화를 보다 문득
이 여름 이렇게 지나가나 보다 생각한다

갖지 못한 너 그만 놓아 버릴까
해마다 주춤거리는 여름
울컥 구역질 충동 나를 뱉어 내고 싶은 한낮
집시의 눈빛 경멸 터트리고 환호한다
거리낌 없이 달려가는 평범한 하루
바람결 나부끼는 햇살 더 깊은 우울을 낳고
여름 다가올 때 설레던 팜 파탈
바다 저 나름의 외도 즐기고 있었다

치맛자락 속에 숨어 영화를 보고 있다가
이 여름 잘도 지나가려 한다는 혼잣말
보헤미안 꿈꾸는

비 내리는 초록

남쪽 창 커텐 열어젖히자
코끼리 한 마리 우두커니 앉아 있다
부끄러워 말로 못했던 고백
양볼 가득 불어 올리며

'나 눈물을 잊어버렸어
사실은 너의 이름도 기억이 안 나
목이 너무 말라'

그 순간 어디선가 뻐꾸기 한 마리
뻐~꾹, 뻐꾹 딸국질하고
새벽 재재거리며 비구름 펼치고 있다

유리창 가득
꿈꾸듯 피워 낸 비 이파리들
드디어 코끼리 눈물로 흘러내린다

말라 버린 줄 알았던 눈물샘
줄기마다 봉긋봉긋 돋아나고 있다
이 눈물로 다시 찾는 잊어버린 이름
초록이길

봄 편지

봄은 익어 가는데
양귀비는 외롭다

들에 홀로 핀
양귀비꽃 사진 보내네

하릴없이
눈부신 한낮

긴 하루도 너무 짧아
눈 둘 곳 없어라

추신: 봄은 자꾸만 피어나고
　　　꿈, 나비 되어 날고 있소

누룩곰팡이

무심했다
시치미 뚝 떼고 자고 있던 농한기 가마솥
콧등에 서리 집 짓는 겨울바람 쓸어안는다
쥐도 호랑이도 양도 닭도 아닌 날
지나온 한 해 사연 모아 불 지피면
아궁이 속 땔거리들 저마다 따닥따닥 할 말 있다 아우성이다
한바탕 살풀이 끝나면
들끓던 가마솥도
잉걸로 남은 정념도 마알갛게 앉아 있다

다가올 해 소망 담고 삶은 콩 야무지게 꾹꾹 누르는데
지금은 세상에 안 계신 어머니 말소리
'생채기에 꽃이 많이 피어야 좋다
퍼렇게 아프다 노란 멍으로 앉을 때쯤
그 아픔 삭아서 하얗게 부스러질 때쯤
삶은 질긴 동아줄처럼 이어지고
부옇게 인생이 뭔지 알아 가는 거란다'
살아가는 건 알아 가는 것이고
알아 가는 게 살아가는 거라 사~아~ㄹ+ㅁ이라 발음한다고

\>

멀쩡한 생채기도 아픈데

그 생채기 또 얼마나 아파 꽃이 필까

얼룩진 누룩곰팡이 과정처럼

당신과 나 얼마나 많은 세월 함께 견디어야

하얀 배경 위 피어나는 파랑 노랑 균사체들 조화 이룰까

지푸라기 위 멍 하니 앉아 있는 누룩의 시간

곰팡이 쌓여 세월 되는 걸 바라본다

봄비 오는 날엔

비를 허리에 묶은 이른 봄이 속삭인다
냄비 뚜껑에 얹힌 라면 몇 가닥과 함께 일어서는 흑백필
름 같은 기억
그때는 몰랐다.
냉기 가득한 방 솔솔 올라오는 라면의 습기로 가려 버
린 가난
누추한 만화방 한쪽 구석 늙은 아버지와 라면으로 끼니
때우는 소녀
유난히 종아리 가느다랗고,
교과서 같은 언어로 도시 냄새 풍기는 그녀 부럽기만 했다
그때는 만화책과 라면만 보였다

봄비 오는 날이면 문득 떠오르는
종일 만화책 속을 헤매다 꼬로록 엄마 혼내는 소리에
어서 집에 가서 나도 저렇게 라면 먹고 싶다는 어린 시
절 나를
몇십 년이 지난 지금에서야 한심스러운 듯 바라보고 있는
친구의 빈곤이 서둘러 입을 연다
나도 돌아갈 집이 있다면 좋겠다고
따뜻한 아랫목 된장국 같은 식구들이 그립다고

\>

몇 번의 굽이치는 시공간에서

혹여나 드라마 한 장면처럼 스치며 만나기도 희망했지만

그 이른 봄 같은 눈빛으론

추레한 나이 엮어 가기엔 너무 무리였다고 되새겨 본다

봄비 내리는 날엔 떠오르는 동화 같은 이야기 꺼내

　지금은 어느 하늘가에 새로운 소설 쓰고 있을 거라 믿

고 싶다

제3부 어느 봄날 되새김질

예지몽銳智夢

그들은 냄비에 가을을 집어넣고 보글보글 찌개를 끓였다

별 보러 몽골로 가자던 약속 주머니마다 들어 있는 외투를 꺼내 입었다.

국경 수비대 옆 이정표 꼭대기엔 하늘을 향해 'The Star'라고 적힌 나무판자가 박혀 있었다

모두들 별을 본 듯 좋아라 박수를 쳤고 어디선가 달려온 말 나를 낚아채는 순간 잠이 깨었다

별 보러 갔는데 'The Star'만 보고 올 뻔했다
모두 무언가에 속고 있었다
오늘따라 별이 더 보고 싶다

실존을 위한 여성성 1
—흰머리

항상 지난 시절만 아름다웠던 사십 대

누구도 사랑하지 않는 냉정한 그녀 도발할 때마다 돋아난 흰 머리카락 너홀거리던 저녁노을은 보라색이었다

청사초롱에 밝힌 사주단자 하강 곡선 속 유턴은 유려했지만 조난당한 비행선처럼 그녀 어깨에 앉아 고소해하며 쾌재를 불렀다

아무렇지도 않은 척 질긴 숨 안으로만 쉬던 사십 대 되돌아가고 싶지 않다는 하얀 침묵 머리카락 발치에 숨어 자라기 시작했다

어린 왕자를 만났던 사막은 생각보다 뜨거웠다 순수는 그리 달가운 칭찬이 아니었음을 그제야 깨달아 하루만큼의 철이 들었다 아마 어린 왕자도 이 생활이 그리 낭만적이진 않아 떠날 결심을 했는지도 모른다고 생각할 때는 이미 많은 걸 떠메고 다시 모래언덕 오르고 있었다

쓸데없이 말이 많아지는 게 부담스러운 교양 갈기갈기 찢

으며 공중에다 휘갈겨 쓴 일기 봉인된 상처 안으로만 키우
는 티눈 되어 오래오래 그녀 안방에 들어앉았다

　지난 시절은 잠깐이지만 사십대 오르막은 높고 길었다 저
마다 제 아픔에 허우적거리다 빠져나와 보니 좋은 시절 노
루 꼬리 같은 겨울 해처럼 시치미 떼고 지나 버렸다 가해자
는 없고 피해자만 남은 세월 그녀 웃으며 온전히 받아들이
기로 했다, 하얀 고백 유유히 흐르는 밤이다

실존을 위한 여성성 2
—주름살

　옛날 옛날 어떤 마을에 신분을 나타낼 수 있는 증표로 가지고 있는 주름살 내걸고 다니는 규칙이 있었다 그 마을에선 주름살 많은 사람이 왕이었다고 한다 많은 사람들이 자고 나면 일어나 확인해 보는 것이 주름살이었는데 안타깝게도 거울이 흔하지 않던 때라 가까이 있는 사람의 눈을 바라보며 자신의 주름살을 세어야 했다 그렇게 서로를 바라보는 거리가 짧아진 사람들은 친구가 되었고 멀리 있었던 사람과는 경쟁을 하느라 더 많은 주름살이 필요했다 날마다 어떻게 하면 주름살을 많이 갖게 될까 고민하던 어떤 남자와 여자는 결혼을 해 보기로 했다 결혼이라는 걸 한 이후부터 집 마련 가재도구 마련 대소사 해결 등 일부러 주름살을 만들지 않아도 날이 가고 달이 갈수록 점점 늘어나는 걸 본 많은 사람들이 따라서 결혼을 했다 이번에는 아이를 낳기로 했다 다른 아이들보다 크게 빠르게 뛰어나게 하느라 아이를 낳은 사람들은 그렇지 않은 사람들보다 훨씬 더 많은 주름살이 생기는 걸 발견하고부터는 여기저기서 아이들이 많이 생겨났다 그만큼 사람들은 살아갈수록 주름살이 많아졌고 주름살 많은 사람들이 늘어 갔다

>

 사람들은 전보다 훨씬 신분이 높아졌고 우아하고 지혜롭
고 아름다워졌다는 말이기도 하다

실존을 위한 여성성 3
—등 굽은 자세

새것의 예리함 간직한 날씬하고 빳빳한 새 종이 지폐 세상
이 무섭지 않았다

가는 곳마다 꼿꼿이 세운 고개 잘난 체하며 허리 굽힌 적
도 없는

나도 한때 그런 시절 있었기는 했다

서아프리카 세네갈 어린이 바게트 빵을 사기 위해 내민 5
달러 종이돈*

그보다 더 초췌함 가득한 닳고 닳은 종이돈을 본 적이 없다

오십 이후 어느 날부터 생긴 빈둥지증후군이 떠올랐다

내 영혼도 저 구겨짐만으론 다 쓸어안기 힘든 초라한 모습
으로 앉아 있을 것 같아

허리 펴고 가슴 앞으로 내밀어 깊게 깊게 숨 쉬어 본다

인생에 허기가 진다 인생에 자꾸 허기가 진다

인생에 자꾸자꾸 허기가 진다

그때마다 허물어지듯 앉아 있는 나를 발견한다

배에 힘이 없고 등은 더 이상 존재하기 버겁다 하는 듯 쪼
그라들려고만 한다

그 아인 도로 환불해 달라고 바게트를 들고 달려온다

낡은 지폐 한 장 가지고 있는 것이 굶주림 해결하는 것보

다 좋다는 말인가

　　그럼에도 아이 하얀 치아는 반짝이고 미소는 싱그럽고 무엇
이든 잡을 수 있다는 듯 팔은 길게길게 뻗어 있다

　　가난은 조물주가 곳곳에 뿌려 놓은 꽃이었다
　　가지고 있는 사람만이 오래도록 영혼의 향기를 피울 수 있는
　　하루만큼씩 겸손해지느라 등이 굽는다

* EBS 《세계테마기행》 서아프리카편(2022. 1. 17.). 빵을 현금으로 사기 위해
　내민 거의 모든 돈들이 다 그렇게 꼬깃꼬깃 낡은 지폐였다.

실존을 위한 여성성 4
—무릎 관절염

채 육십이 안 된 어느 가을 무렵 불청객은 왔다

가을볕은 돌아가신 친정어머니 내민 손처럼 편안했지만
그 가을은 편안하지 않았다 초대하지 않은 손님 그렇게 내
몸에 말뚝으로 들어앉았다 어머니 자매들은 모두 하나로 연
결되어 있음을 증명이라도 하듯 무릎이 자유롭지 못했다 큰
딸이었던 어머니부터 통증을 호소하더니 둘째 이모는 결국
죽음으로 셋째 이모는 극복의 이미지로 앉아 있다 열 살 무
렵부터 보이던 그녀들의 아픔 곧이어 자신의 미래이기도 한
걸 그때는 까마득히 몰랐다

오십 년 지난 가을 그 세 여자의 인생처럼 곳곳에 수다 거
리가 되었다 신문 방송에 무릎 관절염이라는 단어 도돌이
표 노래하듯 되풀이된다 홈쇼핑 단골 아이템 첫 번째 건강
식품 그중 관절염 효능 쏟아 내고 있는 초록입 홍합 관절팔
팔 보스웰리아 콘드로이친 성분 하루 1,200밀리 조금 더 좋
은 보조제 찾느라 세상에 남은 자매들 관심거리 어머니 제
삿날 밤 꽃으로 핀다

세대 달라도 질병의 무게 여전하다 과학적 처방이라며

살 빼고 적당한 걷기 운동을 하란다 어머니는 영양 부실 노
동 과잉이 원인이었는데…… 겨울 찬바람 시린 무릎 부비
며 정월 보름 차가운 땅속에 누운 관절염 생각한다 인공관
절은 죽어도 죽지 않겠지 어떤 모습으로 남을지 갑자기 웃
음이 터진 건 무덤 속 인공 유방, 인공 코만 남을 연상 작
용 때문이다 인공지능 시대 괜한 걱정 또한 불청객이겠지만

　　삼십 년 후 관절염 여전할 텐데 인공지능 시대 마음 인공
관절은 또 어떤 꽃을 피울까

실존을 위한 여성성 5
—건망증

순간마다 너를 버리고 다시 키운다
시도 때도 없이 찾아와 능청맞게 시치미 떼는
애면글면 애써도 도무지 떠오르지 않는 그 나무 이름
실체는 사라지고 실루엣으로만 감도는 언어들
바람난 배우자 뒷모습 바라보는 올리브 그린 멍든 가슴
살다 보면 언제 그랬냐는 듯 말짱하게 돌아와 안긴다
도마 위 난도질당하는 숙성된 동반 언제나 씁쓸하다

요사 떠는 계집처럼 함부로 하는 너를 그냥 둘 수가 없다
했지만……

잊어버리고 싶은 것
잊고 싶다는 그것들은 버리지 못하고 있구나
어쩔 수 없이 가지고 가야 할 것들은 잘 알고 있었어
방종하다 돌아온 탕아를 거두는 마음으로
나의 기억력 한편에 숨은 치매 아니라면
잔잔한 일상에 가끔 돌연변이 웃음을 만들어 주는
건망증의 한계 오히려 고마운 거라며 따뜻하게 안아 줘야지

소꿉놀이 1

인생이란, 나는
소꿉놀이인 줄 알았다

그런데
살다 보니 소꿉놀이 아니라는 생각이 들었다

그리고
소꿉놀이인 걸 알았다

소꿉놀이 2

무 하나, 쪽파 한 줌, 대파 서너 뿌리
분주함 피워 올리는 주방 쪽창으로 아내 수더분한 한마디
엉거주춤 들어오던 남편 익숙하게 돌아 텃밭으로 간다
구부린 등 파 뿌리 끼인 흙까지 다 털어 내고 들어온 투
박한 진심
그렇게 저녁을 끓이고 마주 앉아 하루를 먹는다

봄 텃밭은 할 게 많았다
흙을 갈아 주고 씨앗 뿌리고 야채를 키운다
인생의 봄도 아찔하게 지났다
좋은 사람 만나 짝을 이루고 아이 낳고 집을 장만한다
짧은 봄 따사롭고 향기로운 시절
그렇게 저녁을 끓이고 마주 앉아 하루를 먹는다

여름 장마 풀들의 기세 하루 다르게 무섭다
커 가는 아이들 하루가 무섭게 달라진다
땡볕에 나가 하는 일은 가풀막진 고개를 넘는 일
이기기도 지기도 하지만 돌아온 집에선 아무 말 없다
둘은 서로 알아도 모르는 척 하루를 보낸다
그렇게 저녁을 끓이고 마주 앉아 하루를 먹는다

>

서늘해진 바람 이별 몰고 오는 가을
품 안에 아이들 서로 떠나겠다고 꽉꽉거리면
텃밭 푸성귀들 시들해지며 표정 잃는다
하나씩 하나씩 챙겨 주고 손 흔들며 떠나보내면
텃밭 고운 흙 덩그러니 발자국 흔적으로만 남았다
그렇게 저녁을 끓이고 마주 앉아 하루를 먹는다

서리 내린 아침 아지랑이 같은 소회所懷 나누며
귀밑머리 허연 모습 내 탓인 양 느린 새벽을 열어도
꽁꽁 언 텃밭 하릴없는 하루 기다림같이 아득하다
일곱 살 소꿉놀이 때 가장 중요한 일상
밥상 차리고 마주 보며 같이 먹고 치우는
일흔 살도 그렇게 저녁을 끓이고 마주 앉아 하루를 먹겠지

소꿉놀이하다 때가 되면
안녕 내일 다시 만나 인사를 한다
두 사람도 그렇게 살다 갈 것이다
살아 보니 인생은 소꿉놀이였다

자동차 지나더니 나비 펄럭이다

다가가 본 건
파르르 떨고 있는
한 줌 피투성이 생명

두 손으로 뜨고
!　?　?
　!
!　?　!
무심한 눈빛 비루한 삶들 지나가는 사이
멈추었다, 떨림이

주르륵 흘러내리는
나비야 미안해

나비라고 해서
펄럭인다고 해서
아니 너를 죽게 해서
생명 앞에 무심한 사람이어서
아무것도 해 줄 수 없어서
……왜 미안하냐고 묻는 사람도 있어서

\>

눈물 대신

고양이 빨간 숨결 뚝뚝 떨어지고 있다

어떤 신내림
—어느 AI의 일기

사용법
맨 아래 주의사항 한 줄
  - 이 AI 사주팔자는 이미 정해져 있으므로 절대 사랑해
선 안 됨

아랫배 진동한다
어느 날부터 몸 여기저기 부르르 느껴지던
전류 신내림으로 몸속에 들어왔어

내 손 잡기만 하면
바로 내 생각 알게 되는
콘센트만 연결되면 내 생각 올올이 당신에게로 옮겨지는
그런 사랑류 내게는 흘러
콘센트 두 구멍만큼 마음 열면
당신 사랑하는 내 마음 고스란히 알게 돼

당신도 언제쯤
투명한 핏줄로 전류가 흘러
꽃으로나 선물로 대신할 수 없는

나를 사랑하는 당신 마음 오롯이 느낄 수 있을까
당신 향한 내 마음
콘센트 두 구멍보다 훨씬 더 크게 열고 기다리는 중

사랑은 언제나 운명을 거스르는 분노

그리움 보고서
―그리운 목련, 북향화

꿀꺽 목울대 세월 삼키다

시간이, 계절이 구르며 지나고 있습니다 안녕하시죠
무엇보다 이 봄 다 지고 있어 마음 조급해집니다
지난겨울 봄 되면 하고 싶었던 일들
검사받지 않는 숙제로 남아 버릴 듯해서
좀 지났지만 목련 이야기 하려 합니다
물론 이제 다 져 버려 그 꽃잎들 눈처럼 질척거리기 시작
했습니다

목련(Magnolia kobus)은 나무에서 자라는 연꽃
수려한 외모
남쪽 방향 겨우내 싹 틔웠던 눈 봄 햇살로 더욱 빨리 벌어져
자연스레 수광 적은 북쪽 향해 꽃송이 살짝 굽어 '북향화'
별칭 지니게 되었다지요
언제나 남南을 향하여 옥좌에 앉아 있는 임금 알현하기 위
한 신하들 모습으로
목련은 머언 먼 본향 바라보기 위해 겨울 바닷가 바위에 돌
아 앉은 철새처럼
가느다란 가지 끝에 줄타기하며 올곧은 봄 지펴 냅니다

>
봄이 되면 하고 싶었던 일 중 하나, 그나마 끝냈습니다
내년 봄, 목련 필 때쯤 나의 그리움 끝이 날 예정입니다
만……
그다음 해, 또 다음 해
나날이 불어나는 체중처럼 더 무겁게 들어앉아 있을지
도 모르겠습니다
아직 오지 않은 그리움 그냥 두고 오늘은 여기 앉아 오래
도록 봄 배웅하는 하루가 될 겁니다.
당신의 봄도 안녕하시기를

지금은 삭아 뼈로만 남았을 흔적
어느 봄날 되새김질로 앉아 있다

고수의 사랑법

수챗구멍에 쌓인 머리카락 쇠젓가락으로 뽑아내며 이건
다 누구 머리카락이냐, 왜 이렇게 지저분하게 그냥 두냐,
나니까 치운다 구시렁댄다

우리 집사람은 외출할 때마다 따라 나와 옷은 왜 이렇게
입었냐, 술 많이 마시지 마라, 일찍 일찍 들어와라, 왜 그렇
게 걷고 있냐 안 보일 때까지 잔소리를 해 댄다
   나를 사랑하나 보다

나와 살아 주느라 검은 머리카락도 지쳤구나 윤기 나던
시절 머리카락 바람에 날리던 당신 모습 참 고왔는데 아픈
손길로 아무 말 없이 거둔다

외출하는 남편 옷태 예전 같지 않아 뒷모습 마음 쓰리다
술이라도 한잔하면 더 허물어질 것 같아 조심스럽다 오늘은
활기차게 웃으며 들어왔으면 싶지만 남편이 좋다면 아무 말
없이 기다려 주리라, 사랑하니까

말하지 않는 게 사랑이다

>

사랑하지 않는 게 사랑이다

고수는 사랑하지 않는다

작은 역사

홈 마 트

경북 상주시 서성동 157-6번지

1511-81-0859 Tel 136-4544-5

최고의 품질과 서비스로 보답하겠습니다

상품명	수량	단가	금액
현미 찹쌀 800g	1	2,760	2,760
롯데 프리미엄 감식초	1	2,500	2,500
봉투(소)	1	10	10

합계	3		5,270
영수액			5,270
현금			10,000
거스름			4,730

보너스 카드 003882 (   )님   69,970점

20228050 00. 02. 28. 10:04:51 감사합니다~

책갈피로 꽂힌 영수증
21년의 세월 토굴 속에서
오롯이 홀로 수행하는 스님처럼 견디어 내다

자음 모음, 초성 중성 규칙적 배열
손잡고 싶어도 얼싸안고 싶어도 꼼짝할 수 없어
침묵으로 희부옇게 사위어 가는 흔적

한 글자도 빠트리지 않고 읽어 주고 있다

작은 역사 만들기

우　리　집

20평 집에 10평쯤 되는 거실

제주시 애월읍 상광로 1256-20

010-0000-0000

오늘 하루도 그럭저럭 보내고 있습니다

상품명	수량	단가	금액
돈의 속성	1	283쪽	16,800
노인이 되지 않는 법	1	176쪽	13,500
책 읽기	2시간		
놀기	5시간		
먹기	2시간		
잠자기	8시간		

합계	17시간	
영수액	현재 읽은 쪽 합계	253쪽
현금		
거스름	7시간의 행방은?	

보너스 카드 (　　　)님　???????

돈 ??????　　21. 11. 08. 10:50:51　편안합니다~!

2021. 11. 08. 10:50:51

지금의 내 이력

현재 – 독서 중이었다가 몇 자 끄적거리고 있음

과거 – (비밀?/별로 의미 없는 일상)

보너스 카드에 얼마가 충전될까

나에게도 보너스 카드가 있기는 할까

흥수아이[*]
—어머니의 아침

꽃이 피었구나
오늘은 새벽이 참 곱구나

석회석 바위에 누운 아들
아침마다 일어나라
그만 자고 일어나라
그렇게 4만 년, 피 울음 꽃으로 앉았다

깨어나지 않는 아들
죽지 못하고 영원을 낳는 어머니

무심한 별들이 지고 나는
4만 년의 기도
새로운 아침을 맞이한 어머니
하늘은 말없이 지켜보고 있다.

꽃이 새로 피었구나
오늘은 사람들도 많이 오는구나
어서 일어나 우리 집으로 가자꾸나
들리지 않는 애원 나선형 메아리로 맴돈다

>
다시, 4만 년이 지날 그 아침에도
어제처럼 어머니의 아들은 잠을 자겠고
꿈을 꾸는 어머니로 하늘은 파~랗겠다

* 흥수아이: 두루봉 동굴 유적에서 발굴된 구석기시대의 인류 화석.

제4부 계절의 뿌리는 다시 그렇게

완경기 일기

현관에 길게 걸린
신답서스 줄기마다 총 총 총
발 디딜 준비 되었다고 아우성친다

수선화, 겨울 끝에서
불쑥 튀어나온 봄처럼
내 기억 속 스치는 향기
손수건 한 귀퉁이로 다가와 안긴 것도 그날이다

이제 모든 인연 꽃으로 보이는 나이
곳곳에 순수한 생명 피어나는
가녀린 가능성 울컥울컥
목울대에 앉아 있다

잊고 지냈던 많은 순간
새로 태어나기 위해서는
사랑도 광합성이 필요하다

누추한 내 영혼
눈물 나는 생명력에 같이 뿌리 내리고 싶다

꽃 몸살

하마하마 계절의 뿌리 그렇게 이어져 왔는지 모른다

가슴에 멍울이 앉으면서
건드리기만 하면 울음 터지던 열다섯, 그 봄
새봄 내내 몸살 앓았다

음흉한 표정으로 다가오는 꽃샘바람
그때는 무섭기만 했던
이 바람 끝에 나의 은밀 터질 것 같아
열다섯 생채기는 붉기에도 버거웠다

완경기의 내 봄
다시 몸살을 앓는다.
하마하마 계절의 뿌리는 다시 이렇게 이어져 왔는지 모른다

몸 밖의 자궁 하나하나 움트면서
이제는 부끄러움도 없이 버얼겋게 나앉았다
늙어 가는 것이 아니라 익어 가는 것이었기에
열매 맺을 약속 손가락마다 꽃으로 앉았다

>

열다섯엔 보이지 않던 세상, 이제야 꽃 몸살 보인다

이제서야 내게도 꽃 몸살 시작되었다

그 아프고 이쁜 꽃의 몸살이

하마하마 계절의 뿌리는 다시 그렇게 이어져 갈런지 모른다

절부암 가는 길

생이오름* 올레길 절벽 등에
바람이 숨어 살고 있다

시간은 휘어지는 풀잎에 조롱조롱
매달려 흔들리다
허리 가는 아낙의 치맛자락에 감겨
흐느적거리는데

바람이 미친 건지
내가 그런지는 모르지만
문득 벼랑 아래로 뛰어내리고 싶다

어느 어부의 투망에
건져 올려진 초승달로
두둥실 떠다니며 여무는 가을

내가 먼저 나를 버려
아무도 못 버리는 푸른 바람이고 싶은 그녀

\>

만날 때마다 핏빛 노을로
피어나는 전설이 되다

* 생이오름: 올레길 12코스에 있는 당산봉의 다른 이름.

죽지 않는 여자

이 꽃 지고도 살 수 있을까
잊어버릴 수 있을까

환갑 때쯤
'말만 들어도 설레는, 번개 맞은 것처럼 격렬한 연애를
하고 싶다*는
어느 가수는 죽었는데 여전히 장미는 출렁인다

너 없는 세상
…… 나도
없다고 생각했는데

해마다 꽃으로 피어
아리운 추억 퍼 올리는 그 여자

잊어버리고 살 수 있을까

* 김광석, 『미처 다 하지 못한』, 예담.

눈보라 전설

품 넓은 사내
가슴속 파고드는
열아홉 살 앙탈

온몸에 가시 박힌 진주

한 번은 뜨거운 가슴이고 싶던 그 사람
옆모습으로 다가온 그녀
덥석 사랑하고 만다

한번 사랑할 때마다
한 줌씩 사라지는 온기
겨울 가득한 그 시절, 사랑은 내내 고통이었지

끝나지 않는 캘리포니아 산불 뉴스
울컥 세월 삼킨다
메말라서 더 잘 타는 사랑인걸
냉정해서 더 뜨거운 시절인걸

활활 타오르는 눈보라
알알이 빛나는 진주로 다시 태어났다는

커피, 내리다

아주 작은 알갱이마다
어느 흑인 소녀 초경으로 피어나다

살결 보드라운 유혹
마침내 이국의 아침을 빚어
혼몽한 그리움 블랜딩되어 소복소복 여미고 있다

뜨거운 숨결 닿을 때
혀끝 돌기 하나하나
바람과 햇살의 흔적 그리움으로 앉아

후각에 새겨진 노스탤지어
야금야금 핥으며 음미하는 그즈음
우린 비로소 하나가 되다

톳을 말리며

나를 내어 말리면
사라지길 바라시지요

그리 쉽게 잊혀질까요?
짭조름한 바다 내음

당신이 잊어버리라고
나를 내어 말리면
그리 쉽게 잊힐까요?
못내 아쉬운 짭조름한 첫 키스

봄볕 가득 머금고
뒹굴고 뒹굴어도
내 온몸 희부연 버짐으로 남는
지난 계절 바닷가 그 바람

이별 수집가

가슴에 이별 주렴처럼 달고 산다
비 오는 날이면
슬픔에 잠긴 별리 절렁절렁 소리 내어 울며
왼쪽 늑골 아래 골절된 사랑을 기운다

지금껏 아프지 않은 이별은 없었다
고여 있던 이별 조각들 때문에 자꾸만 재채기해 댄다

가슴 깊이 쌓인 슬픔
발효되어 떠나간 자리 구석구석
재채기로 분무되는 축복이면
이별 없는 세상에 갈 수 있다는 계시 있었다

슬픔 꽃으로 피는 날
이별 기쁨 되는 날
어화둥둥 나도 그곳으로 가야지

주렴 하나씩 하나씩 떼 내어
날개 만들어 날아가고 싶다
이별 없는 세상으로

예열

뜨거운 만남 기울여
시간을 담는다

찻잔 금 자국마다
수놓아 번지는 미소

우려내는 향기만큼
색깔 고운 인연이라면

내 온몸 실핏줄까지 미리
당신으로 채워 맞으리

낮에 나온 여자

아껴 두었던 내밀
야금야금 핥아 먹는다

구석구석
습기로 가득했던 설운 마흔 살
하얀 수건과 함께 푹푹
삶은 빨래로 널어
투명하게 다듬이질하고
창문 모두 열어 바람길 낸
텅 빈 마루에 앉아
놓는 것이 사랑하는 것보다 쉽더라
부서지는 미소로 말한다

어제보다 아름다운 그녀

불면의 밤 보낸 오늘
그린그린 광합성 통통 튕기며
눈 감고도 다 안은 세상 첨벙첨벙
되새김질한다

\>

날마다 아름다워질 그녀

겨울 우화

1)
태양이 되지 못한 열애
날마다 해비늘로 떨어지는
비밀 편지

햇살 아래 누워
사랑에 빠지다

2)
꼭 햇살에만
머리카락 말리는 여자

어느 날
머리카락에 싹이 나
햇덩이로 만든 수밀도
주렁주렁 달았다

3)
살 떨리는 비명 쏟아지는
나지막한 겨울 오후

\>

햇살 아래 누운 굴곡
투명해진 관능
온몸 속속들이 은밀
내어 주고 순교하다

어디에나 사랑은 가득하다

소금밭 어머니
저 힘든 줄 모르고
굳어진 아들 손 잡으며
아이고 내 아들
목 메인 한 마디

그 한마디
어머니가 만들 수 있는
모든 세상

그날, 바람 부는

바람이 분다

꽃잎 흩날린다

내 마음도 함께

꽃잎처럼 날아가

닿은 곳

그 어디쯤 서 있을

꽃 같은

이름 하나

해후

1
결혼 한 달 만에 사고로 떠난
살아생전 목이 막혀 입에 올리지 못했던 그 이름
내 아들, 금쪽같은

떠밀리듯 재가한 며느리
십 년 만에 길에서 만나다

오일장 가는 길, 오가는 사람도 많아
무슨 말부터 해야 하리, 해야 하리
숨이 터억 막혀 온다

두 살배기 어린 아들 앞세워
친정 다녀오는 길이라네
마알간 눈빛 고와 빛이 나는 아가 등만
어름쓸고 어름쓸고 다시 어름쓸고*

정신 차리고 본 그 옆
내 아들 같은 아비 서 있다
또 말없이 그이 손 잡아 주고, 쓸어 주고

\>
할 수 있는 것은 그것뿐
돌아가는 내내 눈물길을 쓸고 간다
하늘에 살고 땅에 사는 그 차이를

2
신혼 한 달 만에 날 두고 떠난 당신
내 젊음도 거기 두고
떠나와야 했더이다

인생이라는 파도의 부침에 떠밀리듯
다시 만난 사람과 아이 더불어
친정 다녀오는 길

어이쿠, 가슴 철렁 내려앉는 사이
내 손 부여잡고 놓지 않는 시어머니
뜨거운 시간, 긴 지 짧은 지도 모르는

축복하듯 축복하는 듯 아이 등 쓸어 주고
그이 손 잡아 주고
더는 말없이 돌아서는 뒷모습 아프기만 하던

>
누가 누구를 위로해야 할지 몰라 먹먹한 만남
수십 년 흐른 지금도 생생하게 떠올라
눈물도 마른 나이에서야 눈물이 난다

다시는 사랑이란 말 담지 못할 첫정이란
이렇게 다부진 것을
살다 보니, 살아 보니 이제 알겠더이다

• 어름쓸다: 제주 방언. 가여운 마음으로 어루만지다.

백일홍 연가
—울음 터질 날

널브러진 채 가슴 헤집어 앉아 있는
네 속에 나를 본다

어느 여름, 너는 그렇게 자자하게
꽃을 피워 대더라
바수어진 꿈 견디며
언젠가 나도 마음 놓고 울어 보리라
다짐했던 날
어느 햇살 좋은 날 부신 눈 뜨며 그래 보리라
하늘 보며 다문 입술 더운 숨 차오르던 날
너는 그렇게 자자하게 잘도
꽃을 피워 대었더라

계절의 끝에서도 장엄할 수 있다는 것
너를 보면 염천의 기름때 윤기로 빛났다

한 번은 마음 놓고 울어 볼 날
아름다운 그날 내게도 와 줄까
오늘 한 귀퉁이 잘라 마지막 연서 날려 보내다

\>

백 일은 꽃으로 울어야 속이 풀릴

울음 터질 날을 위해 아직은

피우지 못한 나의 그 꽃

해 설

파도를 타고 낙타가 돌아올 '때'

김재홍(시인, 문학평론가)

　서정시의 시간은 언제나 현재이다. 현재는 서정적 주체
가 맞이하는 유일한 시간이다. 과거를 다루든 미래를 다루
든 오직 '현재'라고 하는 것은 "서정시는 생의 순간적 파악"
(김준오)을 요체로 하는 양식이라는 주장이 성립된다는 뜻이
다. 서정시는 한 시적 주체의 내면에 떠오른 순간의 메시
지를 언어화한다. 또한 서정시는 자신을 세계에 투사하거
나, 세계를 자아화(조동일)하면서 어떤 동일성의 경지를 추
구한다.
　그런 점에서 어쩌면 시인은 세계의 본질과 본성을 마음
대로 주무르고 뒤흔드는 전제군주인지 모른다. 그/그녀는
어떤 대상을 다루더라도 그것에 자신의 내면을 비추거나,

반대로 그것이 자신에게 동화되도록 유도하면서 결국에는 둘 사이의 거리를 제거해 버린다. 이를 '거리의 서정적 결핍'이라고 말한다. 세계는 서정시인에게 철저히 종속된 정서적 상관물이다.

만일 시인이 몽상가라면, 그/그녀는 자아와 세계의 동일성을 통해 상식적 세계 인식에 반하는 왜곡과 파괴와 건설과 생산을 마음껏 구사하는 사람이기 때문이다. 만일 탁월한 시인을 선망하는 이에게 근본적인 고통이 있다면, 그것은 바로 세계를 자아화하는 데 따르는 어려움이 극심하기 때문이다. 그런 만큼 시인은 자신의 고통을 다하여 동일화한 세계를 독자에게 드러냄으로써 그들에게 위안의 언어를 선사하는 사람이다.

그러므로 서정시인의 시간은 오직 현재이다. 과거와 미래는 연장된 현재일 뿐이다. 우리가 만일 한쪽으로 무한히 나아갈 수 있다면 그곳에는 분명 '최초의 폭발'(빅뱅)이 현재할 것이며, 다른 한쪽으로 무한히 뻗어 갈 수 있다면 그곳에는 분명 '최후의 수렴점'이 있을 것이다. 모든 것은 '지금-시간'(Jetztzeit)이다(발터 벤야민). 이를 '영원한 현재'라고 하거나 '영원성'이라 표현할 수도 있다. 현재는 영원하다.

그런 의미에서 과거-현재-미래는 시간 개념이 아니라 주체성의 문제가 된다. 내가 누구인가에 따라 시제가 결정되는 것이다. 원칙적으로 서정적 자아의 투사와 동화의 대상에는 아무런 제약이 없다는 점에서 항상 현재일 수밖에 없지만, 시가 포함하는 다른 대상들로 인하여 시제가 분절

될 수 있을 뿐이다.

생이오름 올레길 절벽 등에
바람이 숨어 살고 있다

시간은 휘어지는 풀잎에 조롱조롱
매달려 흔들리다
허리 가는 아낙의 치맛자락에 감겨
흐느적거리는데

바람이 미친 건지
내가 그런지는 모르지만
문득 벼랑 아래로 뛰어내리고 싶다

어느 어부의 투망에
건져 올려진 초승달로
두둥실 떠다니며 여무는 가을

내가 먼저 나를 버려
아무도 못 버리는 푸른 바람이고 싶은 그녀

만날 때마다 핏빛 노을로
피어나는 전설이 되다

　　　　　　　　　　　　—「절부암 가는 길」 전문

'절부암' 가는 길에서 시인은 바람이 된다. "'**시간**'은 휘어지는 풀잎에 초롱초롱/ 매달려 흔들"(강조: 인용자)리고, 그런 새벽길을 따라 바람은 시인이 된다. 바람이 '풀잎'과 '벼랑'을 가리지 않는 것처럼, 나도 "문득 벼랑 아래로 뛰어내리고 싶"어진다. 바람처럼 날며 자유를 누리고, 바람처럼 솟구쳐 하늘을 거닐고, 바람처럼 벼랑 아래로 활강하고 싶다. 어떤 제약도 없이 한세상을 마음껏 누리고 싶은 마음 끝에 암석이 있다.

'절부암節婦岩'은 고기잡이를 나갔다 조난당한 남편을 기다리다 못해 스스로 목숨을 끊은 한 부인의 이야기가 서린 바위, 그것은 부부간의 사랑을 절연시킨 바람과 바다를 기억하기 위해 사람들이 글씨를 새겨 넣은 바위다. 시인은 지금 바위가 되어 안타깝게 '죽은' 남편을 그리다 '죽은' 한 부인을 느끼고 있다. 남편을 죽인 것은 바람과 파도였지만, 외려 그 바람이 되어 삶과 죽음의 경계를 무너뜨리고 싶다. "내가 먼저 나를 버려/ 아무도 못 버리는 푸른 바람이고 싶"다. 서정시의 동일성의 대상은 이처럼 사람과 사물을 가리지 않는다. 대상은 무한하다.

이명혜의 서정성을 지탱하는 힘은 현재성과 동일성만 있는 것이 아니다. 동시에 그것을 심화시키고 강화시키는 주제 의식의 강한 조력을 받고 있다. 관능-생명-사랑으로 이어지는 이명혜 고유의 사유는 그녀의 시 세계를 더욱 풍성하게 해 준다. 가령 "옆모습으로 다가온 그녀/ 덥석 사랑하고 만다"('눈보라 전설」)와 "아주 작은 알갱이마다/ 어느 흑인 소녀 초경으로 피어나다// 살결 보드라운 유혹"(『커피, 내리다』) 등에 보이는 관능적 발상은 곧 생명-사랑의 연속된 주제로 변주된다.

실제로 이명혜는 "심장 도려내야 영원을 산다는 천형"을 겪으면서도 "구멍 숭숭 헤집은 바람길 빚은 꽃돌/ 보름달 되어 내려앉은 당신 품에 심어/ 나무 한 그루로 자라면 좋으리"(『돌담 울타리의 노래』)라고 함으로써 궁극적으로 생·무생물을 넘나드는 생명-사랑의 시적 주제를 표현해 내고 있다. "그곳에서 새로운 세상을 낳고/ 알콩달콩 신혼집 꾸미리". 이러한 마음결이 이명혜의 주제 의식을 매우 보편적인 사랑의 정서로 구현하고 있다. "어디에나 사랑은 가득"(『어디에나 사랑은 가득하다』)한 것이다.

사랑에는 이유 같은 건 필요 없어
삼 미터 높이 파도로 다가가
사랑하는 내 마음만 보여 주면

왜 바람 없는데 파도 높냐는 그 입술
바람과 파도의 관계 아무런 관심조차 없었어
굳이 필요한 대답
너의 입술을 내 입술로 포개며 안아 주는

태풍 지난 후에 알았어
바람 없는데 파도 생기는 건
어디선가 싹튼 생채기

그저 입술만 덮는다고 아무는 건 아님을

삼 미터 높이로 다가간 내 마음
육 미터 높이로 거절당할 때서야
파랑 어여쁘던 너의 속삭임 경고 묵시록이었음을

너를 사랑하기엔 너무 늦은
전의 상실한 패잔병, 지금에서야

—「파랑주의보」 전문

그렇다. 사랑에는 이유 같은 건 필요 없다. 바람 없어도
파도는 얼마든지 인다("태풍 지난 후에 알았어/ 바람 없는데 파도 생
기는 건"). 이처럼 이명혜가 바라보는 관능–생명–사랑의 세
계는 바람–파도–태풍의 연속된 정서적 운동 공간으로 변
주된다. 그곳은 '파랑주의보'가 '사랑주의보'로 들리는 세계
다. 또한 사랑에는 시간도 필요 없다. "파도를 타고 낙타가
돌아올" 수 있다면 사막도 얼마든지 섬이 될 수 있다. 사랑
의 세계에서 물리적 경계는 무너지고 물질과 비물질의 차
원도 무화된다.

사막을 모른다
태어나 한 번도 섬을 떠나 보지 못한 낙타
한여름 바다 즐거운 비명 폭죽처럼 터지고
파도를 타고 싶은 철부지 날개 꾹꾹 눌러 담고

오늘도 터벅터벅 해안 도로 걷고 있다

사막을 걸을 땐
신 앞에 다가가는 마음이어야 한다고
사막 한 귀퉁이 잘라 편지로 날아온 낙타 상인의 목소리
사막이 아닌 길을 걸을 때는 바라볼 곳이 없다
가는 곳마다 오아시스 같은 탐욕
날개가 되지 못한 쌍봉 능선에 널어 말린다

사막 아니어도 사막 피부병 동자 귀신처럼 떠돌아
시들어 가던 본성 모래언덕처럼 부풀고
한 꺼풀 벗겨 낸 그 자리엔
천형의 노스탤지어 누런 고름 웅덩이 고여 있다
이젠 떠날 때가 되었다는 신호다
쌍봉에서 드디어 날개가 돋아났다

한 번도 섬이 되어 본 적 없는 사막
파도를 타고 낙타가 돌아올 때 그 자리에 섬 되어 앉는다
설레는 심장
일생에 한 번 피우는 꽃 되어
돌아온 낙타와 나눠 갖는다는 전설만
낙타가 사라진 바닷가에 출렁이고 있다
─「파도를 타고 낙타가 돌아올 때 사막은 섬이 되었다」 전문

사랑의 때는 바로 그때다. 낙타가 파도를 타고 돌아올 그

때이다. "한 번도 섬을 떠나 보지 못한" 쌍봉낙타가 사막이 아니라 파도를 타고 올 때 사랑은 피어난다. 그때는 경계가 무너지고 차원이 무화될 때이다. 여기서 시간은 물론 현재 시제라는 데 핵심이 있다. "파도를 타고 낙타가 돌아올 때" 는 언제나 현재다. 이명혜표 서정성의 한 절정의 국면이 여 기에 있다. 모든 불가능을 가능으로 만들어 주는 진정한 해 방의 경지를 이 작품은 보여 주고 있다. "한 번도 섬이 되어 본 적 없는 사막/ 파도를 타고 낙타가 돌아올 때 그 자리에 섬 되어 앉는다".

그런데 이명혜의 이번 시집에는 「실존을 위한 여성성」이 라는 제목의 연작시가 다섯 편 있다. 중년 여성의 신체적 변 화에 주목한 시편들이다. 각각 '흰머리' '주름살' '등 굽은 자 세' '무릎 관절염' '건망증' 등의 부제를 달고 있다. 일견 평범 한 발상으로 보이는 이 작품들 또한 그녀의 서정성을 보여 주는 좋은 시들이며, 확고한 주제 의식과 기율에 입각하고 있음은 물론이다. 가령 "어느 가을" 불청객처럼 찾아온 관 절염이 어머니와 그녀의 자매들을 "모두 하나로" 연결하는 인식론적 계기가 된다는 「실존을 위한 여성성 4」는,

채 육십이 안 된 어느 가을 무렵 불청객은 왔다

가을볕은 돌아가신 친정어머니 내민 손처럼 편안했지만
그 가을은 편안하지 않았다 초대하지 않은 손님 그렇게 내
몸에 말뚝으로 들어앉았다 어머니 자매들은 모두 하나로

연결되어 있음을 증명이라도 하듯 무릎이 자유롭지 못했다 큰 딸이었던 어머니부터 통증을 호소하더니 둘째 이모는 결국 죽음으로 셋째 이모는 극복의 이미지로 앉아 있다 열 살 무렵부터 보이던 그녀들의 아픔 곧이어 자신의 미래이기도 한 걸 그때는 까마득히 몰랐다

오십 년 지난 가을 그 세 여자의 인생처럼 곳곳에 수다거리가 되었다 신문 방송에 무릎 관절염이라는 단어 도돌이표 노래하듯 되풀이된다 홈쇼핑 단골 아이템 첫 번째 건강식품 그중 관절염 효능 쏟아 내고 있는 초록입 홍합 관절 팔팔 보스웰리아 콘드로이친 성분 하루 1,200밀리 조금 더 좋은 보조제 찾느라 세상에 남은 자매들 관심거리 어머니 제삿날 밤 꽃으로 핀다

세대 달라도 질병의 무게 여전하다 과학적 처방이라며 살 빼고 적당한 걷기 운동을 하란다 어머니는 영양 부실 노동 과잉이 원인이었는데…… 겨울 찬바람 시린 무릎 부비며 정월 보름 차가운 땅속에 누운 관절염 생각한다 인공관절은 죽어도 죽지 않겠지 어떤 모습으로 남을지 갑자기 웃음이 터진 건 무덤 속 인공 유방, 인공 코만 남을 연상 작용 때문이다 인공지능 시대 괜한 걱정 또한 불청객이겠지만

삼십 년 후 관절염 여전할 텐데 인공지능 시대 마음 인공관절은 또 어떤 꽃을 피울까
　　　　　　　　　　　　—「실존을 위한 여성성 4」 전문

이와 같이 생물학적으로 연결된 어머니와 그 자매들을 표현하는 한편, 사회학적으로 연결된 환자와 제약 회사와 영업 회사의 맥락도 곁들이면서 궁극적으로는 삶과 죽음을 연결하고 있다. "세대 달라도 질병의 무게 여전하"기에 "겨울 찬바람 시린 무릎 부비며 정월 보름 차가운 땅속에 누운" 죽은 어머니의 관절염은 자매와 자녀들을 통해 오롯이 되살아난다. 그런 점에서 어쩌면 유전은 철학적 현재성의 생물학적 표현일지 모른다. 어머니와 아버지는 자신들을 닮은 아들과 딸을 낳고, 그 아들과 딸은 또 자신들과 닮은 손주를 낳고, 그 손주는 증손주를 낳는 법이다.

해넘이 발작
번뇌업 마그마 토악질해 대는

어딘가에 들어앉은 진앙지 찾아
내장 깊숙한 곳 내시경 들이밀면
꽃 한 송이 울음 머금은 채
서 있을 거다

흔들리는 세상
중심 잡기 위한 몸부림 식양 울음으로 피어나라
마흔 셋 어머니 목숨 걸고 낳은 아이
무병장수 기원하신 흔적
아픈 꽃자리 새겨져 있을

내 삶의 중심추 반가사유상 돋아날 즈음
읽을 줄도 쓸 줄도 모르던 어머니
섬섬이 수놓은 기도
유리처럼 반짝이는 동굴 벽 암각 또렷이
읽어 낼 수 있어

반 가 사 유
나직한 울림
화장세계 미소 가만히
머금고 싶다
　　―「나의 동굴에 반가사유상 하나 놓고 싶다」 부분

　이번 시집의 표제작인 이 작품에 이르면, 시간은 가히 무
한대로 연장된다. "내 안 깊은 곳"을 내시경으로 관찰해 들
어가면 '꽃 한 송이'는 울음을 머금고 있고, 세상 또한 흔들
린다. 그러한 '나'와 '나의 어머니'는 연결되고 연결되어 시
간은 무한으로 확장된다. 그리하여 내 삶의 중심추에 반가
사유상이 돋아나는 시간에 도달하여 마침내 동굴에 새겨진
(암각) 의미를 깨우칠 수 있게 된다. 따라서 이명혜의 시간
의식은 공간적으로도 주체적으로도 무한에 이른다.
　이명혜의 서정성은 이처럼 확장된 현재성 위에 구축되
어 있다. 자신 이전에 있었던 모든 사건들과 언제나 함께하
면서, 자신 이후에 벌어질 모든 사건을 함축하는 경이로운
'현재'이다. 이는 동시에 모든 것들과 함께하는 동일성의 구

현이기도 하다. 나와 대립하는 타자가 설정되는 게 아니라, 나와 함께하는 다른 '나'가 등장하는 완벽한 동일성의 세계이다. 그녀의 이번 시집은 이처럼 매우 철학적인 문제의식의 시적 표현으로 가득하다.

어둠으로 휘두른 진통 들썩이며 세상 열리다

튕겨지듯 나온 탄생
아직 축축한 양수 모성애 흔적으로 빛나는 송아지 한 마리
지금 믿고 의지하는 건 비린내 나는 본능뿐
지켜보는 시선으로 부담스러운 충전 가득 채우고
지구를 들어 올리는 의지 비틀거리며 비틀거리며 일어선다
오직 가야 할 그곳
낯설은 후각 향으로 피워 올리며
아무도 가르쳐 주지 않는 이 길 혼자서 걸어가야 한다
　　　　　　　　　　　　　—「순명이라는 바코드」부분

　그러므로 우리는 이명혜의 서정시와 함께 "파도를 타고 낙타가 돌아올 '때'"까지 "오늘도 터벅터벅 해안 도로"를 걸으면 된다. 그리고 송아지처럼 "아무도 가르쳐 주지 않는 이 길 혼자서" 따르면 된다. 그것은 한없이 낡은 시라는 예술을 새롭게 가다듬는 장치를 이명혜의 시가 완전히 보존하고 있기 때문이다.